똥 연구소

똥으로 떠나는 과학 여행 ❷

아울북

똥연구소

똥으로 떠나는 과학 여행 ❷

글 사니예 벤지크 칸갈, 제렌 코자크, 메르베 솔라크 아라바즈
그림 베르크 외즈튀르크 옮김 이정아

1판 1쇄 인쇄 2025년 1월 24일
1판 1쇄 발행 2025년 2월 19일

펴낸이 김영곤 펴낸곳 ㈜북이십일 아울북
콘텐츠TF팀 김종민 신지예 이민재 진상원 이희성
출판마케팅팀 남정한 나은경 최명열 한경화 권채영
영업팀 변유경 한충희 장철용 강경남 황성진 김도연
제작팀 이영민 권경민
편집 꿈틀 디자인 design S

출판등록 2000년 5월 6일 제406-2003-061호
주소 (우 10881) 경기도 파주시 문발동 회동길 201
연락처 031-955-2100(대표) 031-955-2709(기획개발)
팩스 031-955-2122 홈페이지 www.book21.com

ISBN 979-11-7117-998-5
ISBN 979-11-7117-996-1 (세트)

- 제조자명 : (주)북이십일
- 주소 : 경기도 파주시 회동길 201(문발동)
- 전화번호 : 031-955-2100
- 제조연월 : 2025. 2. 19
- 제조국명 : 대한민국
- 사용연령 : 3세 이상 어린이 제품

글 **사니예 벤지크 칸갈·제렌 코자크·메르베 솔라크 아라바즈**

이 책의 작가들은 학생들로 가득한 대학 건물 안에서 아이들의 성장 과정을 유심히 살펴보고 있어요. 모두 뿡뿡 교수처럼 열심히 연구하고 있으며, 그 일을 무척 좋아하지요. 어른들이 아이들을 더 잘 이해하고 행복할 수 있도록 노력해야 한다고 생각해서, 어린이들이 까르르 거리고 킥킥 웃길 바라며 〈똥 과학〉, 〈똥 연구소〉, 〈똥 동물원〉을 썼어요.

그림 **베르크 외즈튀르크**

여러 학교에서 그림을 공부했고, 아주 오래전부터 그림을 그려서 언제 시작했는지 기억조차 나지 않을 정도예요. 수많은 어린이책에 그림을 그렸고, 지금도 어린이를 위해 그림을 그리고 있어요. 이 책에 똥 그림을 그리는 작업은 정말 즐거웠답니다.

옮김 **이정아**

이화여대 외국어교육과를 졸업하고 어린이책을 편집하다 그림책의 매력에 빠져 아이와 엄마가 함께 읽는 그림책들을 번역하는 일을 하고 있습니다. 옮긴 책으로는 『사랑하는 아들에게』, 『이쪽이야, 찰리』, 『아이다, 언제나 너와 함께』, 『블루버드』, 『낮잠 자기 싫어!』, 『롤라』, 『날개를 활짝 펴고』, 『나무 구멍 속에는 누가 살까요?』, 『굴 속에는 누가 살까요?』 등이 있어요.

뽕 연구소가 문을 엽니다!

그날 아침, 똥 연구소는 평소처럼
바빴습니다.

똥 과학의 창시자이자 유명한 과학자인 뿡뿡 교수님은
새로운 주제의 논문을 쓰기 위해 연구하고 있었지요.

사실 뿡뿡 교수님은
세계 여행을 하며 똥 연구를
해야겠다는 생각이 있었어요.
(뿡뿡 교수님 머릿속에는 항상 궁금하고
알고 싶은 것들이 많았지요.)

뿡뿡 교수님은 모든 인간과 동물들이
가진 공통점을 하나 발견했어요.
바로 똥을 싼다는 사실이지요.
게다가 모두가 다른 똥을 싸지요.

화장실

똥의 냄새, 색깔, 모양, 걸쭉함은 저마다 달랐어요.
왜 어떤 똥은 부드럽고, 어떤 똥은 딱딱하고,
어떤 똥은 소시지처럼 길고, 어떤 똥은 공처럼 동그랄까요?
정말이지 똥을 관찰하는 건 아주 재미있는 일이지요.

뿡뿡 교수님은 조사를 시작했어요.
하지만 어떤 똥들에게는 이런 조사가 쓸데없고
우스운 일로 보였지요.
"하하하! 그건 그냥 똥이잖아요.
푸지직 꾸르륵 푸슉 소리 내며 나오는 것 말이에요.
도대체 뭐가 궁금한 거예요?"
똥들이 물었어요.

하지만 뿡뿡 교수님은 이런 말에 신경 쓰지 않았어요.
만약 뿡뿡 교수님이 똥의 특성에 관심을 가지지 않았다면
똥 과학이라는 분야도 생겨나지 않았을 거예요.

과학은 호기심에서 시작되고,
과학자들은 주변 모든 것에 궁금증을 가져야 해요.
비록 그것이 지독한 냄새가 나는 똥이라도 말이에요.

드디어 똥 연구를 시작할 시간이 되었어요.
실험실과 각종 재료, 기술 장비를 갖춘 똥 연구소는
똥을 조사하기에 완벽한 곳입니다.
뿡뿡 교수님과 연구원들은 첫 번째 연구를 시작했어요.

그때 작고 동그란 똥이 변기에 빠졌고,
뿡뿡 교수님의 똥 연구소로 들어왔어요.

끄응!

퐁당!

"이것 보세요. 똥 덩어리 딱딱이에요.
아주 힘들고 어렵게 똥 연구소까지 왔군요.
왜 그랬을까요?"
뿡뿡 교수님이 물었어요.

"교수님, 제 생각에는 딱딱이가 조금 말라 있는 것 같아요."
똥 연구원 중 하나가 말했어요.
그러자 뿡뿡 교수님이 대답했지요.
"맞아요. 사람의 몸에 충분한 물이 없다면, 딱딱이 같은 똥을 누게 될 거예요."

"그러니까 물을 많이 마시고 섬유질이 풍부한 과일과 채소를 많이 먹어야 합니다."
뿡뿡 교수님이 덧붙였어요.

바로 그때, 위에서 들려오는 소리에 모두 깜짝 놀랐어요.

"푸지직 뿌지직 쏴아!"

곧바로 지독한 냄새가 풍겨 왔어요.

연구원들은 지독한 냄새에 코를 막았어요.

"윽! 무슨 냄새지? 기절할 것 같아."

"오, 이것 봐요. 묽은 똥이에요."
똥 연구소를 찾아온 것은 흐물이였어요.
"헤헤, 안녕하세요, 교수님. 죄송해요,
제가 낸 소리였어요."
흐물이가 말했어요.

"가여운 흐물이, 우리가 놀라서 당황했구나."
"야, 교수님. 낮에 무슨 일이 있었는지 묻지 말아 주세요!
그 아이는 케이크, 초콜릿, 탄산음료를 너무 많이 먹었어요!
마지막에 아이스크림은 먹지 말라고 했는데도 말이죠."

그때 또 다른 똥이 왔어요.
뿡뿡 교수님이 신이 나서 말했어요.
"여러분, 건강한 똥이 왔군요."

"건강한 똥은 보통 갈색이에요.
모양은 소시지나 바나나와 비슷하지요."

장난꾸러기 끈적이가 찾아왔어요.
똥 연구소에서 가장 끈적거리는 똥 덩어리지요.
끈적이는 내려올까 말까 고민을 많이 했어요.
똥에 휩쓸리지 않고 벼기 테두리에
달라붙어 있을 때도 있거든요.

그 순간, 똥이 내려오는 관에서
둔게 울리는 소리가 들려왔어요.

쩌렁 쩌렁!

뽕 뽕 뽕 …

뽕 뽕

뽕

뿡뿡 교수가 말했어요.

"끈적이야, 또 변기에 들러붙어 있니?"

끈적이는 변기로 연결된 관에서 떨어지려고 안간힘을 썼어요.

"으아, 이제 관에서 완전히 떨어졌어요.

드디어 자유예요! 그 아이는 어젯밤에

엄청나게 기름진 음식을 많이 먹었거든요."

이 모든 일이 벌어지는 동안, 연구원들이 궁금했던
것들이 하나씩 해결되었답니다.
확실한 사실은, 똥이 우리가 먹고 마시는 음식에 따라 달라지고,
우리 건강에 대해서도 알려 준다는 거예요.

연구원들은 마음속에 품었던 마지막 질문을 던졌어요.
"교수님, 동물의 똥도 사람의 똥과 같나요?"

"아주 좋은 질문이로군요!"
뿡뿡 교수님이 말했어요.
"동물의 똥은 우리가 알지 못하는 놀라운 것들로 가득 차 있어요.
자, 똥 동물원으로 가서 문제의 답을 찾아보도록 하지요.
다들 어서 타세요. 똥 동물원으로 출발합니다!"